AF371131

MOLIÈRE

L'ACADÉMICIEN CORDEMOY ET M. A. DUMAS FILS,

PEIGNOT ET M. ALPHONSE KARR,

PAR

UN BIBLIOPHILE DU QUARTIER MARTAINVILLE

ROUEN

IMPRIMERIE DE E. CAGNIARD,

Rues Jeanne d'Arc, 88, et des Basnage, 5.

1870.

TROUVAILLES BIBLIOGRAPHIQUES.

MOLIÈRE

L'ACADÉMICIEN CORDEMOY ET M. A. DUMAS FILS

PEIGNOT ET M. ALPHONSE KARR,

PAR

UN BIBLIOPHILE DU QUARTIER MARTAINVILLE

ROUEN

IMPRIMERIE DE E. CAGNIARD,

Rues Jeanne d'Arc, 88, et des Basnage, 5.

1870.

MOLIÈRE

L'ACADÉMICIEN CORDEMOY ET M. ALEXANDRE DUMAS FILS,
PEIGNOT ET M. ALPHONSE KARR.

Feu Delvau a rappelé, dans un charmant petit livret (1) qui parut quelques jours après la mort prématurée et si regrettable de son auteur, que « Molière n'y allait pas par quatre chemins; « quand il avait besoin d'un fouet pour châtier un ridicule, « d'une arme pour frapper un vice, il l'empruntait au vicieux « lui-même. Ce fut ainsi qu'ayant besoin d'un sonnet à jeter en « pâture à l'admiration des femmes savantes, il démarqua celui « de l'abbé Cotin (*à la princesse Uranie, sur sa fièvre*), et « se l'appropria sans plus de façons. » C'est un emprunt analogue, antérieur de deux années, et qui, croyons-nous, n'a pas encore attiré l'attention des bibliophiles, que nous voulons faire connaître. Il s'agit de la scène IV du deuxième acte du *Bourgeois Gentilhomme,* dans laquelle le Maistre de philosophie enseigne à M. Jourdain « la nature des lettres et la différente

(1) *Les Sonneurs de Sonnets.* Paris, librairie Bachelin-Deflorenne, 1867, in-16 imprimé par Jouaust.

« manière de les prononcer toutes. » Nous avons retrouvé en
entier ses définitions et explications dans un *Discours physique
de la Parole*, dédié au Roy (achevé d'imprimer pour la première
fois le 18 may 1668), dont l'auteur est Cordemoy, lecteur du
Dauphin et membre de l'Académie française, qui a occupé,
de 1675 à 1684, le fauteuil n° 8, dans lequel M. Guizot s'assied
depuis 1836. Ce discours, actuellement ignoré, a eu cependant
du succès en son temps et mérité les honneurs d'une réimpres-
sion. Nous possédons un exemplaire de sa seconde édition :
Paris, Michel Le Petit, 1671, petit in-12 de quinze feuillets li-
minaires non chiffrés et 202 pages, et c'est en parcourant ce
mince volume, pendant les loisirs forcés que nous fait l'invasion
prussienne, que nous venons d'y trouver des passages copiés,
presque mot pour mot, par Molière. « Ces remarques ont peut-
« être déjà été faites par d'autres ; mais la bibliographie a cela de
« bon, que les minuties même y ont leur place. On a manié des
« livres, *on croit avoir fait une découverte*, on est con-
« tent (1). » Excusez-nous donc, chers lecteurs, si, dans l'excès

(1) C'est avec raison qu'à tout hasard nous nous étions abrité derrière cette
citation d'un ex-sénateur resté maître en littérature (M. S. de Sacy, *Bulletin du
Bibliophile*, 1852, p. 654). Nous apprenons, en effet, au dernier moment, que
Bret, dans son édition de Molière (Paris, 1786, tome VII, p. 162), avertit le
lecteur que ce qui se trouve dans l'acte II du *Bourgeois Gentilhomme*, sur la
prononciation des lettres, est tiré *mot pour mot* du discours de M. de Cordemoy
sur la parole, imprimé à Paris en 1668, c'est-à-dire deux ans avant cette excel-
lente comédie. Mais là se borne son observation, et comme il ne l'a pas appuyée
de la citation d'un texte, du reste peu commun aujourd'hui, nous laissons
subsister le présent article, en nous avouant quelque peu honteux d'y enfoncer
une porte déjà ouverte.

de notre joie, nous exagérons l'importance de notre trouvaille.
La voici dans toute la rigueur des textes :

LE MAISTRE DE PHILOSOPHIE.

La *voix* A se forme en ouvrant fort la bouche.

La voix E se forme en rapprochant *la mâchoire d'en bas de celle d'en haut.*

Et la voix I, en rapprochant *encore davantage les mâchoires l'une de l'autre* et écartant les deux coins de la bouche vers les oreilles.

La voix O se forme en rouvrant les mâchoires et rapprochant *les lèvres par les deux coins, le haut et le bas.*

La voix U se forme en rapprochant *les dents, sans les joindre entièrement,* et allongeant les deux lèvres en dehors, les approchant aussi l'une de l'autre, *sans les joindre tout à fait*, U.

La consonne D se prononce en donnant du *bout de la langue, au-dessus des dents d'en haut.*

L'F, en appuyant les deux dents d'en haut sur *la lèvre de dessous.*

CORDEMOY.

Si on ouvre la bouche autant qu'on la peut ouvrir en criant, on ne sçauroit fournir qu'une *voix* en A (page 70).

Si l'on ouvre un peu moins la bouche en avançant *la mâchoire d'en bas vers celle d'en haut*, on formera une autre voix terminée en E (page 70).

Et si l'on approche *encore* un peu *davantage les mâchoires l'une de l'autre*, sans toutefois que les dents se touchent, on formera une troisième voix en I (pages 70 et 71).

Mais si au contraire on vient à ouvrir les mâchoires et à rapprocher en même temps *les lèvres par les deux coins, le haut et le bas*, on formera une voix en O (page 71).

Enfin, si on rapproche *les dents, sans les joindre entièrement*, et si au même instant on allonge les deux lèvres en les rapprochant, *sans les joindre tout à fait*, on formera une voix en U (page 71).

Le D se prononce en approchant le *bout de la langue au-dessus des dents d'en haut* (pages 76 et 77).

La lettre F se prononce quand on joint *la lèvre de dessous* aux dents de dessus (p. 75).

<table>
<tr>
<td>Et l'R en portant le bout de la langue jusqu'au haut du palais; de sorte qu'estant frolée par l'air, qui sort avec force, elle luy cède et revient toujours au même endroit, faisant une manière de tremblement, Rra.</td>
<td>Et la lettre R en portant le bout de la langue jusqu'au haut du palais, de manière qu'étant frôlée par l'air, qui sort avec force, elle luy cède et revient souvent au même endroit (page 77).</td>
</tr>
</table>

Vive la science! s'écrie M. Jourdain, en entendant toutes ces curiosités. Puissent nos lecteurs pousser le même cri, et la démonstration par comparaison, à laquelle nous venons de nous livrer, engager les plus curieux d'entre eux à rechercher le livre de Cordemoy. Il leur apprendra très-sérieusement d'autres bien belles choses, par exemple, que « la syllabe *Ga* vient quasi « du fond du gosier, la syllabe *Ka* d'un peu moins avant, la « syllabe *Ja* d'un endroit un peu plus proche du milieu du « palais, et la syllabe *Cha* du milieu du palais » (page 79).

Après Molière copiste, Molière copié ou imité. Dans le *Ballet des Nations*, qui termine la même comédie du *Bourgeois Gentilhomme* et commence les *Festes de l'Amour et de Bacchus*, pastorale représentée en 1672, par l'Académie royale de Musique, et qui, si elle n'est pas de Molière lui-même, a au moins été tirée presque en entier de ses œuvres par Quinault, une vieille bourgeoise babillarde prononce deux vers :

> *Il est vray que c'est une honte,*
> *Le sang au visage me monte.*

dont une réminiscence a peut-être inspiré ceux-ci :

> *..... — Don César, la sueur de la honte,*
> *Lorsque je pense à vous, à la face me monte.*
>   (V. Hugo, *Ruy-Blas*, acte 1er, scène ii.)

Mais venons à une imitation ou rencontre fortuite beaucoup
plus complète. Depuis longtemps, la Comédie Française ne joue
plus l'*Estourdy* tel que l'a écrit Molière, et nous ne savons pas
si la scène que nous allons citer a trouvé grâce devant l'arran-
geur. C'est la troisième du quatrième acte. Anselme, s'adressant
à Léandre, lui dit :

> *Arrestez-vous, Leandre, et souffrez un discours,*
> *Qui cherche le repos et l'honneur de vos jours :*
> *Je ne vous parle point en père de ma fille,*
> *En homme intéressé pour ma propre famille ;*
> *Mais comme vostre père émû pour vostre bien,*
> *Sans vouloir vous flater, et vous déguiser rien ;*
> *Bref, côme je voudrois, d'une âme franche et pure*
> *Que l'on fist à mon sang, en pareille avanture.*
> *Sçavez-vous de quel œil chacun voit cet amour,*
> *Qui dedans une nuit vient d'éclater au jour ?*
> *A combien de discours et de traits de risée,*
> *Vostre entreprise d'hier est partout exposée ?*
> *Quel jugement on fait du choix capricieux,*
> *Qui pour femme, dit-on, vous désigne en ces lieux,*
> *Un rebut de l'Egypte, une fille coureuse,*
> *De qui le noble employ n'est qu'un mestier de gueuse ?*
> *J'en ay rougy pour vous, encore plus que pour moy,*
> *Qui me trouve compris dans l'éclat que je voy.*
> *Moy, dis-je, dont la fille, à vos ardeurs promise,*
> *Ne peut, sans quelque affront souffrir qu'on la méprise.*
> *Ah ! Léandre, sortez de cet abaissement :*
> *Ouvrez un peu les yeux sur vostre aveuglement,*
> *Si nostre esprit n'est pas sage à toutes les heures,*
> *Les plus courtes erreurs sont toujours les meilleures.*
> *Quand on ne prend en dot que la seule beauté,*
> *Le remords est bien près de la solemnité,*

> *Et la plus belle femme a très-peu de défense,*
> *Contre cette tiédeur qui suit la jouïssance :*
> *Je vous le dis encor, ces bouïllans mouvemens,*
> *Ces ardeurs de jeunesse et ces emportemens,*
> *Nous font trouver d'abord quelques nuits agréables :*
> *Mais ces félicitez ne sont guères durables,*
> *Et nostre passion allentissant son cours,*
> *Après ces bonnes nuits, donnent de mauvais jours.*
> *De là viennent les soins, les soucis, les misères,*
> *Les fils des-héritez par le couroux des pères.*

N'est-ce pas là le *thème* sur lequel M. Alexandre Dumas fils a brodé de si éloquentes variations dans la grande scène de la *Dame aux Camélias*, entre Marguerite et M. Duval? Ce dernier ne développe-t-il pas simplement les vers de Molière en belle prose, lorsqu'il s'écrie :

« Le monde a ses exigences, mon enfant, et surtout le monde de province; si purifiée que vous soyez aux yeux d'Armand, aux miens même par l'amour que vous éprouvez, vous ne l'êtes pas aux yeux d'un monde qui ne verra jamais en vous que votre passé, et qui vous fermera impitoyablement ses portes. La famille de l'homme qui va devenir mon gendre a appris la façon dont vit Armand; elle m'a déclaré reprendre sa parole, si Armand continuait cette vie. »

Et plus loin :

« Vous êtes prête à sacrifier tout à mon fils; mais quel sacrifice égal, s'il acceptait le vôtre, pourrait-il vous faire en échange? Il prendra vos belles années, et plus tard, quand la satiété sera venue, car elle viendra, qu'arrivera-t-il? Ou il sera un homme ordinaire, et, vous jetant votre passé au visage, il vous quittera en disant qu'il ne fait qu'agir comme les autres; ou il sera un honnête homme, et vous épousera, ou tout au moins vous gardera auprès de lui. Cette liaison ou ce mariage, qui n'aura eu ni la chasteté pour base, ni la religion pour appui, ni la famille pour résultat, cette chose excusable peut-être chez le jeune homme, le sera-t-elle chez l'homme mûr? Quelle ambition lui sera promise, quelle carrière lui sera ouverte, quelle consolation tirerai-je de mon fils, après m'être sacrifié vingt ans pour son bonheur? Votre amour l'un pour l'autre n'est pas le fruit de deux sympathies pures, l'union de deux affections chastes; c'est la passion dans ce qu'elle a de plus terrestre et de plus humain, et elle est née du caprice de l'un et de la fantaisie de l'autre; bref, votre amour est un résultat et non une cause. Qu'en restera-t-il, quand vous aurez vieilli tous deux? Qui vous dit que les premières rides de votre front ne détacheront pas le voile de ses yeux, et que son amour ne mourra pas avec votre jeunesse.

Voyez-vous d'ici votre double vieillesse, doublement déserte, doublement isolée, doublement inutile? Quel souvenir laisserez-vous? Quel bien aurez-vous fait? Non, Marguerite, il y a des nécessités cruelles dans la vie, mais contre lesquelles on se brise si l'on veut les combattre. Vous et mon fils avez à suivre deux routes complètement différentes, que le hasard a réunies un instant, mais que la raison sépare à tout jamais. Dans la vie que vous vous êtes faite volontairement, vous n'avez pas prévu ce qui arrive. Vous avez été heureuse trois mois, ne tachez pas ce bonheur dont la continuité est impossible. »

Il y a évidemment là une analogie complète de situation, d'idées et même d'expressions, et M. Alexandre Dumas, qu'il se soit souvenu de Molière ou rencontré fortuitement avec lui, a eu la main heureuse.

———

D'autres auteurs contemporains pourront nous fournir plus tard l'occasion de rapprochements semblables. En voici un assez curieux pour terminer. Tous les bibliophiles connaissent le premier ouvrage de Gabriel Peignot, qu'il désavoua plus tard, et dont il recherche, dit-on, avec soin les exemplaires pour les détruire, ce qui l'a rendu très-rare. Il s'agit des *Opuscules phi-*

losophiques et poétiques du frère Jérôme, mises (*sic*) au jour par son cousin Gabriel P. A Paris, de l'imprimerie de Mercier, rue du Coq Honoré, n° 120. — an IV° de la République française, 1796, in-12 de VI et 143 pages, avec une figure. *L'Histoire de l'âme d'Ivriel*, qui forme le deuxième opuscule de M. Jérôme, est certainement le prototype du roman de *feu Bressier*. Mais M. Alphonse Karr, lorsqu'il l'a écrit, connaissait-il Peignot et surtout son premier ouvrage? Ce n'est guère probable.

UN BIBLIOPHILE
du quartier Martainville.

Rouen, 27 décembre 1870.

Extrait de la *Revue de la Normandie*, Décembre 1870.

(Tirage à part à 100 exemplaires).

———

N°

IMPRIMERIE E. CAGNIARD
ROUEN.

IMPRIMERIE E. CAGNIARD
ROUEN.

www.ingramcontent.com/pod-product-compliance
Lightning Source LLC
LaVergne TN
LVHW011016180726
843502LV00007B/2572

9 782329 598628